U0031530

公主出任務2
THE Princess IN BLACK 完美的派對

文／珊寧・海爾 & 迪恩・海爾
Shannon Hale & Dean Hale

圖／范雷韻 LeUyen Pham

譯／黃筱茵

獻給韻、莎拉和蓓麗——
只要和你們在一起，永遠都是完美的公主派對

珊寧‧海爾＆迪恩‧海爾

獻給我最棒的姪女們：阿莉茲、艾蘿拉，
還有瑪媞妲

范雷韻

人物介紹

木蘭花公主

黑衣公主

牧童達夫

噴嚏草公主

粉紅毛毛怪

黑旋風

酷麻花

第 一 章
公主的生日派對

城堡的高塔上綁滿了粉紅色氣球，樹上也是。就連酷麻花的角上，也綁了一顆。

今天是木蘭花公主的生日。她希望生日派對的一切都能非常完美。

木蘭花公主整理了她的房間，穿上她最喜歡的粉紅色蓬蓬洋裝，把玻璃鞋擦得亮晶晶。她還親自替杯子蛋糕抹上糖霜。

客ㄎㄜˋ人ㄖㄣˊ可ㄎㄜˇ能ㄋㄥˊ隨ㄙㄨㄟˊ時ㄕˊ會ㄏㄨㄟˋ到ㄉㄠˋ，木ㄇㄨˋ蘭ㄌㄢˊ花ㄏㄨㄚ公ㄍㄨㄥ主ㄓㄨˇ往ㄨㄤˇ窗ㄔㄨㄤ外ㄨㄞˋ看ㄎㄢˋ了ㄌㄜ一ㄧ下ㄒㄧㄚˋ。

　　這ㄓㄜˋ時ㄕˊ候ㄏㄡˋ，閃ㄕㄢˇ光ㄍㄨㄤ石ㄕˊ戒ㄐㄧㄝˋ指ㄓˇ的ㄉㄜ鈴ㄌㄧㄥˊ聲ㄕㄥ響ㄒㄧㄤˇ了ㄌㄜ。

　　是ㄕˋ怪ㄍㄨㄞˋ獸ㄕㄡˋ警ㄐㄧㄥˇ報ㄅㄠˋ。木ㄇㄨˋ蘭ㄌㄢˊ花ㄏㄨㄚ公ㄍㄨㄥ主ㄓㄨˇ心ㄒㄧㄣ想ㄒㄧㄤˇ：千ㄑㄧㄢ萬ㄨㄢˋ不ㄅㄨˋ要ㄧㄠˋ是ㄕˋ現ㄒㄧㄢˋ在ㄗㄞˋ！

　　今ㄐㄧㄣ天ㄊㄧㄢ是ㄕˋ她ㄊㄚ的ㄉㄜ生ㄕㄥ日ㄖˋ派ㄆㄞˋ對ㄉㄨㄟˋ，並ㄅㄧㄥˋ不ㄅㄨˋ適ㄕˋ合ㄏㄜˊ出ㄔㄨ任ㄖㄣˋ務ㄨˋ。

第 二 章
準備出任務

　　怪獸們才不在乎今天是誰的生日。怪獸只想吃山羊。

　　打擊怪獸這種粗魯的工作，一點也不適合完美端莊的木蘭花公主，但是對黑衣公主來說是家常便飯。

木ㄇㄨˋ蘭ㄌㄢˊ花ㄏㄨㄚ公ㄍㄨㄥ主ㄓㄨˇ溜ㄌㄧㄡ進ㄐㄧㄣˋ工ㄍㄨㄥ具ㄐㄩˋ間ㄐㄧㄢ。

她ㄊㄚ脫ㄊㄨㄛ掉ㄉㄧㄠˋ最ㄗㄨㄟˋ愛ㄞˋ的ㄉㄜ˙粉ㄈㄣˇ紅ㄏㄨㄥˊ色ㄙㄜˋ蓬ㄆㄥˊ蓬ㄆㄥˊ洋ㄧㄤˊ裝ㄓㄨㄤ，踢ㄊㄧ掉ㄉㄧㄠˋ玻ㄅㄛ璃ㄌㄧˊ鞋ㄒㄧㄝˊ。

她ㄊㄚ換ㄏㄨㄢˋ上ㄕㄤˋ一ㄧ身ㄕㄣ黑ㄏㄟ色ㄙㄜˋ勁ㄐㄧㄣˋ裝ㄓㄨㄤ。最ㄗㄨㄟˋ後ㄏㄡˋ，戴ㄉㄞˋ上ㄕㄤˋ面ㄇㄧㄢˋ罩ㄓㄠˋ。

現在，她不再是木蘭花公主。

她是——黑衣公主。

「準備出任務！」黑衣公主
說。

她滑下祕密通道。

瞬間翻過城堡的高牆。

十二位精心打扮的公主，正在坐騎背上，往護城河上的吊橋方向前進。她們都是派對的貴賓！

她希望公主們不要抬頭往上看。沒有人曉得，完美端莊的木蘭花公主就是黑衣公主。

第 三 章
酷麻花的粉紅色氣球

　　黑衣公主的祕密身分，只有她忠心的坐騎——酷麻花知道。不過，酷麻花也有自己的祕密。

　　酷麻花的頭上有一根角，所以每個人都認為牠是隻獨角獸。為了今天的派對，牠的角上還綁了一顆粉紅色氣球。

酷麻花一走路，氣球就會上上下下晃動。當牠小跑步時，氣球就會左右搖擺。今天，酷麻花難得擁有派對的歡樂心情，直到……

牠的閃
光石馬蹄
鐵響起──
怪獸警報！

酷麻花立
刻鑽進祕密
通道裡。

當牠從通道的另一頭出來時，牠不再是獨角獸酷麻花。

牠是黑旋風——黑衣公主的忠心小馬！

黑旋風立刻來到平時等候的高牆邊，等著黑衣公主跳上馬背。

　　牠已經準備好要對抗怪獸了——雖然牠有一點捨不得那些讓牠心情愉快的粉紅色氣球。

第 四 章
第一回合：章魚腳怪獸

　　黑衣公主跳到黑旋風背上。

　　「飛呀，黑旋風，飛呀！」她大叫。

　　黑旋風不會飛。牠是一隻小馬，不是飛馬。不過，聰明的牠知道黑衣公主說「飛呀」，就是叫牠「快跑」！所以，黑旋風立刻馬如其名、就像風一樣，加速前進。

他(ㄊㄚ)們(ㄇㄣ)奔(ㄅㄣ)馳(ㄔˊ)穿(ㄔㄨㄢ)過(ㄍㄨㄛˋ)森(ㄙㄣ)林(ㄌㄧㄣˊ)。

17

牧童達夫專心看顧著吃草的山羊，沒有注意到，一隻觸手從不遠的洞口偷偷摸摸的伸了出來。然後是更多觸手，最後——章魚腳怪獸現身了。

　　「救命啊！」達夫大叫。

　　黑衣公主正好趕到了山羊草原。

　　「**隻養**！」怪獸發出咕嚕咕嚕的聲音。

　　「啥？」達夫問。

　　「什麼？」黑衣公主說。

　　怪獸咳得很厲害，牠伸出一隻觸手，指著嘴巴說：

「吃ㄔ羊ㄧㄤˊ！」

「啊ㄚ？」達ㄉㄚˊ夫ㄈㄨ說ㄕㄨㄛ。

「哼ㄏㄥ！」黑ㄏㄟ衣ㄧ公ㄍㄨㄥ主ㄓㄨˇ說ㄕㄨㄛ。

所ㄙㄨㄛˇ有ㄧㄡˇ怪ㄍㄨㄞˋ獸ㄕㄡˋ都ㄉㄡ一ㄧ樣ㄧㄤˋ。牠ㄊㄚ們ㄇㄣ只ㄓˇ想ㄒㄧㄤˇ吃ㄔ山ㄕㄢ羊ㄧㄤˊ，牠ㄊㄚ們ㄇㄣ才ㄘㄞˊ不ㄅㄨ在ㄗㄞˋ乎ㄏㄨ今ㄐㄧㄣ天ㄊㄧㄢ是ㄕˋ公ㄍㄨㄥ主ㄓㄨˇ的ㄉㄜ生ㄕㄥ日ㄖˋ。

黑ㄏㄟ衣一公ㄍㄨㄥ主ㄓㄨ按ㄢ了ㄌㄜ權ㄑㄩㄢ杖ㄓㄤ上ㄕㄤ的ㄉㄜ開ㄎㄞ關ㄍㄨㄢ，權ㄑㄩㄢ杖ㄓㄤ立ㄌㄧ刻ㄎㄜ變ㄅㄧㄢ為ㄨㄟ威ㄨㄟ力ㄌㄧ打ㄉㄚ怪ㄍㄨㄞ棒ㄅㄤ。

「怪ㄍㄨㄞ獸ㄕㄡ，別ㄅㄧㄝ亂ㄌㄨㄢ來ㄌㄞ！」公ㄍㄨㄥ主ㄓㄨ大ㄉㄚ吼ㄏㄡ：「滾ㄍㄨㄣ回ㄏㄨㄟ你ㄋㄧ的ㄉㄜ臭ㄔㄡ巢ㄔㄠ穴ㄒㄩㄝ去ㄑㄩ！」

「不ㄅㄨ回ㄏㄨㄟ去ㄑㄩ！要ㄧㄠ吃ㄔ山ㄕㄢ羊ㄧㄤ！」怪ㄍㄨㄞ獸ㄕㄡ說ㄕㄨㄛ。

章ㄓㄤ魚ㄩˊ腳ㄐㄧㄠˇ怪ㄍㄨㄞˋ獸ㄕㄡˋ和ㄏㄜˊ黑ㄏㄟ衣ㄧ公ㄍㄨㄥ主ㄓㄨˇ展ㄓㄢˇ開ㄎㄞ大ㄉㄚˋ戰ㄓㄢˋ。

跳ㄊㄧㄠˋ彈ㄊㄢˊ
翻ㄈㄢ身ㄕㄣ！

絕ㄐㄩㄝˊ招ㄓㄠ
抓ㄓㄨㄚ扯ㄔㄜˇ！

22

頭ㄊㄡˊ 冠ㄍㄨㄢ 捕ㄅㄨˇ 獲ㄏㄨㄛˋ！

觸ㄔㄨˋ 手ㄕㄡˇ 綑ㄎㄨㄣˇ 綁ㄅㄤˇ！

經過一番大戰，怪獸終於被公主塞回洞裡去了。每次的結局都是這樣：怪獸只能落荒而逃。

「萬歲！」達夫歡呼著。

黑ㄏㄟ衣ㄧ公ㄍㄨㄥ主ㄓㄨ揮ㄏㄨㄟ手ㄕㄡ道ㄉㄠ別ㄅㄧㄝ後ㄏㄡ，立ㄌㄧ刻ㄎㄜ和ㄏㄢ黑ㄏㄟ旋ㄒㄩㄢ風ㄈㄥ衝ㄔㄨㄥ回ㄏㄨㄟ城ㄔㄥ堡ㄅㄠ。

　　不ㄅㄨ一ㄧ會ㄏㄨㄟ兒ㄦ，木ㄇㄨ蘭ㄌㄢ花ㄏㄨㄚ公ㄍㄨㄥ主ㄓㄨ從ㄘㄨㄥ工ㄍㄨㄥ具ㄐㄩ間ㄐㄧㄢ鑽ㄗㄨㄢ了ㄌㄜ出ㄔㄨ來ㄌㄞ。

　　啊ㄚ，她ㄊㄚ的ㄉㄜ頭ㄊㄡ髮ㄈㄚ……有ㄧㄡ一ㄧ點ㄉㄧㄢ亂ㄌㄨㄢ。

　　她ㄊㄚ跑ㄆㄠ下ㄒㄧㄚ樓ㄌㄡ，打ㄉㄚ開ㄎㄞ城ㄔㄥ堡ㄅㄠ的ㄉㄜ大ㄉㄚ門ㄇㄣ。

25

「生日快樂！」十二位活潑可愛的公主高喊。

第五章
公主躲貓貓

　　木蘭花公主覺得很開心。因為三明治非常美味，桌巾十分別緻，公主們都很可愛，真是一場完美的派對。

　　「快拆禮物吧！」金魚草公主高興的說。

「對呀，拆嘛拆嘛！」另外十一位公主一起說。

木蘭花公主開心的拍著手，她也等不及要拆禮物了。

「太謝謝你們了！」她說：「禮物能讓派對變得超級完美。」

就在這個時候，她的閃光石戒指鈴聲又響了。

　　天啊，拆禮物的時候，真的非常不適合打擊怪獸啊！

　　「那個鈴鈴響的聲音是什麼呀？」金魚草公主問。

「是鬧鐘。」木蘭花公主說。

　如果她告訴其他公主那是怪獸警報，她們就有可能猜到，她的另一個身分。除了黑旋風之外，沒有人知道她是黑衣公主。

　「鬧鐘是提醒我……呃……玩遊戲的時間到了！」木蘭花公主說。

　「太棒了！」藍鈴花公主問：「我們要玩什麼遊戲呢？」

　「嗯，我們來玩躲貓貓好不好？」木蘭花公主說：「只有鬼不必躲！」

鬱ㄩ金ㄐㄧㄣ香ㄒㄧㄤ公ㄍㄨㄥ主ㄓㄨ第ㄉㄧ一一個ㄍㄜ當ㄉㄤ鬼ㄍㄨㄟ。
當ㄉㄤ她ㄊㄚ開ㄎㄞ始ㄕ數ㄕㄨ數ㄕㄨ，公ㄍㄨㄥ主ㄓㄨ們ㄇㄣ一一個ㄍㄜ
個ㄍㄜ找ㄓㄠ地ㄉㄧ方ㄈㄤ躲ㄉㄨㄛ起ㄑㄧ來ㄌㄞ。

金ㄐㄧㄣ銀ㄧㄣˊ花ㄏㄨㄚ公ㄍㄨㄥ主ㄓㄨˇ躲ㄉㄨㄛˇ在ㄗㄞˋ桌ㄓㄨㄛ子˙ㄗ底ㄉㄧˇ下ㄒㄧㄚˋ。

番ㄈㄢ紅ㄏㄨㄥˊ花ㄏㄨㄚ公ㄍㄨㄥ主ㄓㄨˇ躲ㄉㄨㄛˇ在ㄗㄞˋ浴ㄩˋ室ㄕˋ門ㄇㄣˊ後ㄏㄡˋ。

木蘭花公主……當然是選擇躲進工具間裡。

35

第 六 章
噴嚏草公主

　　玩ㄨㄢˊ躲ㄉㄨㄛˇ貓ㄇㄠ貓ㄇㄠ讓ㄖㄤˋ噴ㄆㄣ嚏ㄊㄧˋ草ㄘㄠˇ公ㄍㄨㄥ主ㄓㄨˇ很ㄏㄣˇ緊ㄐㄧㄣˇ張ㄓㄤ。她ㄊㄚ不ㄅㄨˋ怕ㄆㄚˋ沒ㄇㄟˊ躲ㄉㄨㄛˇ好ㄏㄠˇ，而ㄦˊ是ㄕˋ擔ㄉㄢ心ㄒㄧㄣ沒ㄇㄟˊ人ㄖㄣˊ找ㄓㄠˇ得ㄉㄜ˙到ㄉㄠˋ她ㄊㄚ。

噴嚏草公主很融入窗簾的
花色。

噴嚏草公主很融入檯燈的樣式。

噴嚏草公主很融入地毯的圖案。

38

鬱山金丩香ㄒ公ㄍ主ㄓ在ㄗ地ㄉ毯ㄊ旁ㄆ找ㄓ了ㄌ
半ㄅ天ㄊ，卻ㄑ都ㄉ沒ㄇ注ㄓ意ㄧ到ㄉ噴ㄆ嚏ㄊ草ㄘ
公ㄍ主ㄓ。

噴ㄆ嚏ㄊ草ㄘ公ㄍ主ㄓ嘆ㄊ了ㄌ一ㄧ口ㄎ氣ㄑ。
她ㄊ好ㄏ寂ㄐ寞ㄇ，她ㄊ並ㄅ不ㄅ想ㄒ一ㄧ直ㄓ和ㄏ
地ㄉ毯ㄊ作ㄗ伴ㄅ。

39

她看見木蘭花公主躲進工具間，決定也要跟著躲進去。這樣她就不必一個人孤孤單單的躲起來。

　　噴嚏草公主打開工具間的門。發現了木蘭花公主的粉紅色蓬蓬洋裝，還有她的玻璃鞋。可是，她沒看見木蘭花公主。

　　「真奇怪，」噴嚏草公主說：「她躲到哪裡去了？」

第七章
第二回合：鱗片怪獸

　　黑衣公主又趕回到山羊草原了。平常，黑衣公主倒還覺得跟怪獸決鬥，是打發午後時光不錯的選擇。可是今天，她只想留在城堡裡拆禮物。

　　「怪獸，別亂來！」她說。

　　「不聽！想吃山羊！」鱗片怪獸吼叫。

　　黑⟨ㄏㄟ⟩衣⟨ㄧ⟩公⟨ㄍㄨㄥ⟩主⟨ㄓㄨ⟩嘆⟨ㄊㄢ⟩了⟨ㄌㄜ⟩一⟨ㄧ⟩口⟨ㄎㄡ⟩氣⟨ㄑㄧ⟩。她⟨ㄊㄚ⟩心⟨ㄒㄧㄣ⟩想⟨ㄒㄧㄤ⟩：怪⟨ㄍㄨㄞ⟩獸⟨ㄕㄡ⟩真⟨ㄓㄣ⟩煩⟨ㄈㄢ⟩人⟨ㄖㄣ⟩。什⟨ㄕㄣ⟩麼⟨ㄇㄜ⟩時⟨ㄕ⟩候⟨ㄏㄡ⟩牠⟨ㄊㄚ⟩們⟨ㄇㄣ⟩才⟨ㄘㄞ⟩會⟨ㄏㄨㄟ⟩學⟨ㄒㄩㄝ⟩到⟨ㄉㄠ⟩教⟨ㄐㄧㄠ⟩訓⟨ㄒㄩㄣ⟩？她⟨ㄊㄚ⟩絕⟨ㄐㄩㄝ⟩對⟨ㄉㄨㄟ⟩不⟨ㄅㄨ⟩准⟨ㄓㄨㄣ⟩怪⟨ㄍㄨㄞ⟩獸⟨ㄕㄡ⟩吃⟨ㄔ⟩山⟨ㄕㄢ⟩羊⟨ㄧㄤ⟩！

黑衣公主和鱗片怪獸展開大戰。

棍子重擊！

空拳落地！

我ㄨㄛˇ敲ㄑㄠ！我ㄨㄛˇ敲ㄑㄠ！

讓ㄖㄤˋ你ㄋㄧˇ眼ㄧㄢˇ冒ㄇㄠˋ金ㄐㄧㄣ星ㄒㄧㄥ！

怪ㄍㄨㄞˋ獸ㄕㄡˋ終ㄓㄨㄥ於ㄩˊ滾ㄍㄨㄣˇ回怪獸ㄕㄡˋ國ㄍㄨㄛˊ去ㄑㄩˋ。

　每ㄇㄟˇ次ㄘˋ的ㄉㄜ˙結ㄐㄧㄝˊ局ㄐㄩˊ都ㄉㄡ是ㄕˋ這ㄓㄜˋ樣ㄧㄤˋ：怪ㄍㄨㄞˋ獸ㄕㄡˋ只ㄓˇ能ㄋㄥˊ落ㄌㄨㄛˋ荒ㄏㄨㄤ而ㄦˊ逃ㄊㄠˊ。

黑衣公主往城堡飛奔。

她從祕密通道往上爬。

她再次穿上粉紅色蓬蓬洋裝，套上玻璃鞋。

「你是從哪裡冒出來的？」一個聲音突然出現。

木蘭花公主楞住不敢動。

第八章
工具間的祕密

工具間裡不只有木蘭花公主一個人。

「是誰在說話？」木蘭花公主問。

「是我，噴嚏草公主。」

木蘭花公主害怕得瞇著眼睛往四周看，她只看見幾根掃帚。

突然，掃帚動了。

「哇，噴嚏草公主！」她說：「你真的很融入掃帚耶。你真會躲。」

「你也是啊！」噴嚏草公主說：「我在這個工具間待了一個小時了。我只看見你的洋裝在地上。你到底躲在哪裡呀？」

這時候，有人拉開了工具間的門。

49

「找到你們了！」鬱金香公主說。

「你們兩個真是躲貓貓高手。我檢查工具間三次了啊，都沒看見你們。」

「呃，我也有一點想不通……」噴嚏草公主疑惑的說道。

第 九 章
公主們的賽跑

「現在要拆禮物了嗎？」茉莉花公主問。

「我們真的該拆禮物了！」麒麟花公主說：「禮物能讓派對變得超級完美。」

「好ㄏㄠˇ啊ㄚ，太ㄊㄞˋ棒ㄅㄤˋ了ㄌㄜ˙！」木ㄇㄨˋ蘭ㄌㄢˊ花ㄏㄨㄚ公ㄍㄨㄥ主ㄓㄨˇ開ㄎㄞ心ㄒㄧㄣ的ㄉㄜ˙說ㄕㄨㄛ。

沒ㄇㄟˊ想ㄒㄧㄤˇ到ㄉㄠˋ，鈴ㄌㄧㄥˊ鈴ㄌㄧㄥˊ的ㄉㄜ˙聲ㄕㄥ音ㄧㄣ再ㄗㄞˋ度ㄉㄨˋ響ㄒㄧㄤˇ起ㄑㄧˇ。

「那ㄋㄚˋ是ㄕˋ什ㄕㄣˊ麼ㄇㄜ˙聲ㄕㄥ音ㄧㄣ？」蝴ㄏㄨˊ蝶ㄉㄧㄝˊ蘭ㄌㄢˊ公ㄍㄨㄥ主ㄓㄨˇ問ㄨㄣˋ。

「又ㄧㄡˋ是ㄕˋ鬧ㄋㄠˋ鐘ㄓㄨㄥ。」木ㄇㄨˋ蘭ㄌㄢˊ花ㄏㄨㄚ公ㄍㄨㄥ主ㄓㄨˇ回ㄏㄨㄟˊ答ㄉㄚˊ。她ㄊㄚ嘆ㄊㄢˋ了ㄌㄜ˙一ㄧˋ口ㄎㄡˇ氣ㄑㄧˋ，然ㄖㄢˊ後ㄏㄡˋ打ㄉㄚˇ起ㄑㄧˇ精ㄐㄧㄥ神ㄕㄣˊ說ㄕㄨㄛ：「嗯ㄣ……比ㄅㄧˇ賽ㄙㄞˋ賽ㄙㄞˋ跑ㄆㄠˇ的ㄉㄜ˙時ㄕˊ間ㄐㄧㄢ到ㄉㄠˋ了ㄌㄜ˙！」

公ㄍㄨㄥ主ㄓㄨˇ們ㄇㄣ˙全ㄑㄩㄢˊ部ㄅㄨˋ來ㄌㄞˊ到ㄉㄠˋ戶ㄏㄨˋ外ㄨㄞˋ，登ㄉㄥ上ㄕㄤˋ她ㄊㄚ們ㄇㄣ˙的ㄉㄜ˙坐ㄗㄨㄛˋ騎ㄐㄧˋ。

「預ㄩˋ備ㄅㄟˋ，開ㄎㄞ始ㄕˇ！」

結ㄐㄧㄝˊ果ㄍㄨㄛˇ，木ㄇㄨˋ蘭ㄌㄢˊ花ㄏㄨㄚ公ㄍㄨㄥ主ㄓㄨˇ和ㄏㄢˋ她ㄊㄚ的ㄉㄜ˙獨ㄉㄨˊ角ㄐㄧㄠˇ獸ㄕㄡˋ——酷ㄎㄨˋ麻ㄇㄚˊ花ㄏㄨㄚ贏ㄧㄥˊ得ㄉㄜ˙第ㄉㄧˋ一ㄧ名ㄇㄧㄥˊ。

噴ㄆㄣ嚏ㄊㄧ草ㄘㄠ公ㄍㄨㄥ主ㄓㄨ和ㄏㄢ她ㄊㄚ的ㄉㄜ豬ㄓㄨ——好ㄏㄠ棒ㄅㄤ豬ㄓㄨ爵ㄐㄩㄝ士ㄕ，獲ㄏㄨㄛ得ㄉㄜ最ㄗㄨㄟ後ㄏㄡ一ㄧ名ㄇㄧㄥ。

第二回合的比賽，藍鈴花公主和她的飛馬——開心寶，奪下第一名。

噴嚏草公主和好棒豬爵士再度榮獲最後一名。

在第三回合比賽中，百日
菊公主和她的雄鹿——聖誕
熊，突破重圍，獲得勝利。

到了第四回合，蘋果花公
主和她的羚羊——紳士艾德，
勇奪冠軍。

噴嚏草公主每次都是最後一名。因為好棒豬爵士才不管什麼比賽；好棒豬爵士不在乎速度，牠只重視晚餐和點心好不好吃，還有能不能一夜好眠。

　　落後的噴嚏草公主可以看見前方的公主和她們的坐騎。奇怪的是，她沒看見木蘭花公主和酷麻花。

59

出乎意料的，在第五回合的比賽中，木蘭花公主得到最後一名。她突然出現在噴嚏草公主之後。她的頭髮亂糟糟，玻璃鞋還穿錯腳。

　　「這真的是太奇怪了……」噴嚏草公主心想。

第 十 章
第三次鬧鐘響

「現在可以拆禮物了嗎？」蘋果花公主問。

「希望可以。」木蘭花公主說：「因為禮物能讓派對⋯⋯」

她的話被鈴鈴聲打斷。

「又是鬧鐘？」噴嚏草公主問。

「對呀……」木蘭花公主皺著眉頭說。

「我們該闖迷宮了！我保證，之後就可以拆禮物了。」

公主們陸續走進花園迷宮。

噴嚏草公主完全迷失了方向。

她猜想自己一定是最晚走出迷宮的人。

幸好，她總算找到出口了。

出口處有十一位公主正等著她。也就是說，還有一位公主在迷宮裡！

最後，當木蘭花公主終於走出迷宮時。她的頭髮比之前更亂，她的洋裝竟然裡外穿反。

「真的是非常、非常奇怪！」噴嚏草公主心想。

第 十 一 章
不要再響了！

「現在可以拆禮物了嗎？」麒麟花公主問。

「嗯……」木蘭花公主說。

她屏住呼吸，仔細聆聽。她看了一眼手上的戒指——戒指沒有響。

「可以！」她說：「我們真的要拆禮物了。」

公主們全都回到頂樓。她們坐在沙發上。風信子公主送給木蘭花公主她的第一份禮物。

這份禮物又圓又重。是賽車用的安全帽嗎？魚缸？還是水晶球？木蘭花公主等不及想看看！

這時候，讓木蘭花公主想大吼的事情還是發生了。

她的閃光石戒指又響了。

現在真的、必須要拆禮物了。

居然有怪獸在這時候來搗亂，真是太糟糕、太不應該了。

「你的鬧鐘是提醒我們，現在可以拆禮物了嗎？」金銀花公主問。

木蘭花公主忍不住小聲哀嚎。

「請在這裡稍待一會兒。」她說：「我保證，我很快就回來。」

第 十二 章
第三回合：粉紅毛毛怪

木ㄇㄨˋ蘭ㄌㄢˊ花ㄏㄨㄚ公ㄍㄨㄥ主ㄓㄨˇ離ㄌㄧˊ開ㄎㄞ頂ㄉㄧㄥˇ樓ㄌㄡˊ的ㄉㄜ˙房ㄈㄤˊ間ㄐㄧㄢ，再ㄗㄞˋ度ㄉㄨˋ溜ㄌㄧㄡ進ㄐㄧㄣˋ工ㄍㄨㄥ具ㄐㄩˋ間ㄐㄧㄢ，再ㄗㄞˋ度ㄉㄨˋ換ㄏㄨㄢˋ好ㄏㄠˇ衣-ㄧ服ㄈㄨˊ。

她滑下祕密通道，跳過城堡的高牆。黑旋風已經在等她降落在馬背上。他們馳騁著穿過森林，「又一次」飛奔趕到山羊草原。

又有一隻怪獸在嚇山羊。這次是一隻粉紅色的怪獸。

「吼～」牠說：「吃山羊——」

「不行！」黑衣公主大吼說：「不准吃山羊。我今天不想再跟任何怪獸決鬥了！我受夠了。今天是我的生日耶！拆禮物的時間到了。你有聽到我說的話嗎？我說：拆禮物的時間到了！」

第 十三 章
粉紅毛毛怪的禮物

　　粉紅毛毛怪嚇得縮起身子。牠的耳朵嗡嗡作響，因為黑衣公主吼得很大聲。

　　粉紅色毛毛怪反省自己，是不是不該離開怪獸國。

雖然，怪獸國沒有山羊可以吃，但至少，那裡也沒有會大吼大叫的公主。

情ㄑㄧㄥˊ況ㄎㄨㄤˋ有ㄧㄡˇ點ㄉㄧㄢˇ尷ㄍㄢ尬ㄍㄚˋ。今ㄐㄧㄣ天ㄊㄧㄢ好ㄏㄠˇ像ㄒㄧㄤˋ是ㄕˋ黑ㄏㄟ衣ㄧ公ㄍㄨㄥ主ㄓㄨˇ的ㄉㄜ生ㄕㄥ日ㄖˋ，她ㄊㄚ正ㄓㄥˋ期ㄑㄧ待ㄉㄞˋ著ㄓㄜ要ㄧㄠˋ拆ㄔㄞ禮ㄌㄧˇ物ㄨˋ。可ㄎㄜˇ是ㄕˋ，粉ㄈㄣˇ紅ㄏㄨㄥˊ毛ㄇㄠˊ毛ㄇㄠˊ怪ㄍㄨㄞˋ沒ㄇㄟˊ帶ㄉㄞˋ什ㄕˊ麼ㄇㄜ東ㄉㄨㄥ西ㄒㄧ能ㄋㄥˊ送ㄙㄨㄥˋ給ㄍㄟˇ公ㄍㄨㄥ主ㄓㄨˇ。

牠摸了摸口袋。喔，太棒了！口袋裡有一些石頭！那是牠在某個山洞裡發現的粉紅色寶石，總共有十二顆，應該可以拿來當作禮物。

　　粉紅毛毛怪拿出寶石，牠清了清喉嚨。

「生ㄕㄥ日ㄖˋ快ㄎㄨㄞˋ樂ㄌㄜˋ！」

牠ㄊㄚ很ㄏㄣˇ有ㄧㄡˇ禮ㄌㄧˇ貌ㄇㄠˋ的ㄉㄜ˙對ㄉㄨㄟˋ黑ㄏㄟ衣ㄧ公ㄍㄨㄥ主ㄓㄨˇ大ㄉㄚˋ聲ㄕㄥ說ㄕㄨㄛ。

第 十 四 章
最完美的派對

　　十二位公主還在頂樓的房間等著。等了很久，木蘭花公主還是沒有回來。

　　「也許她又在玩躲貓貓？」百日菊公主說。

她們在城堡裡到處找，但就是不見木蘭花公主蹤影。

　　「也許她在工具間裡。」噴嚏草公主說：「她上次就躲在裡頭。」

　　她們一起到工具間去。噴嚏草公主握住門把，正準備拉開門……

　　就在這個時候，木蘭花公主從工具間走出來。她的頭髮超級亂。她的洋裝不僅裡外穿反，而且前後穿反，腳上也只穿了一隻玻璃鞋。

「木蘭花公主，每次都在要拆禮物的時候。」噴嚏草公主說：「你就消失不見了。」

「我有嗎？」木蘭花公主問。

「有啊，你就是。」噴嚏草公主說：「你不想要禮物嗎？你到底跑去哪裡？」

木蘭花公主低下頭。她的手裡握著滿滿的寶石。她把寶石舉了起來。

「去幫你們準備禮物呀！」她說：「因為，禮物能讓派對變得超級完美。」

　　她拿出寶石，每位公主都分到一顆。這些寶石很透亮、是粉紅色的，非常美麗。

　　「它們太完美了！」噴嚏草公主說：「超級完美！」

所有事情都很完美：公主朋友們，好玩的遊戲和禮物。這是木蘭花公主擁有過最完美的生日派對。

飛ㄈㄟ呀ㄚ，黑ㄏㄟ旋ㄒㄩㄢ風ㄈㄥ，飛ㄈㄟ呀ㄚ！

黑ㄏㄟ衣ㄧ公ㄍㄨㄥ主ㄓㄨ下ㄒㄧㄚ一ㄧ次ㄘ的ㄉㄜ任ㄖㄣ務ㄨ會ㄏㄨㄟ是ㄕ什ㄕㄣ麼ㄇㄜ呢ㄋㄜ？

關鍵詞
Keywords

單元設計｜**李貞慧**
（國立臺灣大學外國語文學系研究所碩士，現任國中英語老師）

❶ cupcake 杯子蛋糕 名詞

Princess Magnolia
frosted cupcakes.

木蘭花公主替杯子
蛋糕抹上糖霜。

❷ duck 躲避;迴避 動詞

Princess Magnolia ducked into the broom closet.

木蘭花公主溜進工具間。

duck最常見的是當名詞使用,指「鴨子」,在這裡是當動詞使用喔。

❸ balloon 氣球 名詞

A pink balloon was tied to the unicorn's horn.

獨角獸的角上綁著一顆粉紅色的氣球。

❹ zoom 快速移動 **動詞**

The Princess in Black and Blacky zoomed through the forest.

黑衣公主和黑旋風奔馳穿過森林。

zoom另一個常見用法，是指用相機變焦距鏡頭將畫面推近、使景物放大時，英文叫zoom in；當用鏡頭將畫面拉遠、使景物縮小時，這個動作叫zoom out。

❺ switch 開關 名詞

The Princess in Black pushed a switch on her scepter. It turned into a staff.

黑衣公主按了權杖上的開關，權杖立刻變為威力打怪棒。

switch可以當動詞，動詞的意思和名詞的意思相關。

switch on 打開……的開關

switch off 關掉……的開關

例句：She switched the light on.（她打開電燈。）

❻ present 禮物 名詞

" Presents make a party particularly perfect, " said Princess Magnolia.

「禮物能讓派對變得超級完美，」木蘭花公主說。

❼ hand 給；交給 動詞

Princess Hyacinth handed Princess Magnolia the first gift.

風信子公主拿給木蘭花公主第一份禮物。

hand名詞的意思是「手」。在當做動詞時，意思其實也跟名詞有關聯。把東西「交給」別人要用雙手，才是有禮貌的動作。這樣是不是很快就能把名詞跟動詞的用法記住了呢？

❽ **messy** 雜亂；邋遢的 形容詞

Princess Magnolia's hair was extremely messy.

木蘭花公主的頭髮超級亂。

❾ **perfect** 完美的 形容詞

It was the most perfect party Princess Magnolia had ever had.

這是木蘭花公主擁有過最完美的派對。

閱讀想一想
Think Again

❶ 為什麼木蘭花公主不想要讓別人知道，她其實就是黑衣公主呢？

❷ 如果木蘭花公主不管怪獸警報鈴聲，決定留下來拆禮物，你猜會發生什麼事呢？她可以拒絕出任務嗎？

❸ 來參加生日派對的十二位公主的穿著打扮都不一樣？你猜猜，她們可能來自哪些國度呢？

❹ 想吃山羊的怪獸真的很壞、很邪惡嗎？說說你的看法吧！

著色

公主們穿得多漂亮啊！幫她們塗上繽紛的顏色，
感受一下生日派對的氣氛吧！

版權所有‧請勿翻印　Illustration copyright © 2015 by LeUyen Pham

闖迷宮

「飛呀，黑旋風，飛呀！」在派對的賓客發現木蘭花公主不見蹤影之前，趕快幫公主畫出正確的路線。

版權所有‧請勿翻印　Illustration copyright © 2015 by LeUyen Pham

哪裡不一樣?

請找出兩張圖不一樣的地方。

小提示:共有十個不同之處。

版權所有・請勿翻印　Illustration copyright © 2015 by LeUyen Pham

我的超級(女)英雄

一般人眼中，木蘭花公主是位完美端莊的公主。但同時，她的祕密身分是智鬥怪獸的黑衣公主。如果你也可以當一位超級（女）英雄，會以什麼形象出現呢？畫下你的超級（女）英雄分身吧！

我的超級（女）英雄是 _____

版權所有．請勿翻印　Illustration copyright © 2015 by LeUyen Pham

國家圖書館出版品預行編目(CIP)資料

公主出任務. 2, 完美的派對/珊寧.海爾(Shannon Hale),
迪恩.海爾(Dean Hale)作；范雷韻(LeUyen Pham)繪；黃
筱茵譯. -- 二版. -- 新北市：字畝文化創意有限公司出
版：遠足文化事業股份有限公司發行, 2023.06
　　面；　公分
譯自：The princess in black and the perfect princess party

ISBN 978-626-7200-33-9(平裝)

874.596　　　　　　　　　　111018104

公主出任務 2： 完美的派對（二版）
The Princess in Black and the Perfect Princess Party

作者｜珊寧・海爾 & 迪恩・海爾 Shannon Hale, Dean Hale
繪者｜范雷韻 LeUyen Pham　譯者｜黃筱茵

字畝文化創意有限公司
社長兼總編輯｜馮季眉
責任編輯｜洪　絹(初版)、陳心方(二版)　美術設計｜盧美瑾

出版｜字畝文化／遠足文化事業股份有限公司
發行｜遠足文化事業股份有限公司（讀書共和國出版集團）
地址｜231新北市新店區民權路108-2號9樓
電話｜(02)2218-1417　傳真｜(02)8667-1065
客服信箱｜service@bookrep.com.tw　網路書店｜www.bookrep.com.tw
團體訂購請洽業務部 (02) 2218-1417 分機1124

法律顧問｜華洋法律事務所　蘇文生律師
印　　製｜中原造像股份有限公司

2023年6月　二版一刷　2024年3月　二版四刷　定價｜300元
書號｜XBSY4002　ISBN｜978-626-7200-33-9（平裝）

Text Copyright © 2015 by Shannon Hale and Dean Hale
Published by agreement with Baror International, Inc., Armonk,
New York, U.S.A. through The Grayhawk Agency
Illustrations Copyright © 2015 by LeUyen Pham
Reproduced by permission of the publisher, Candlewick Press, Somerville, MA.
Complex Chinese translation rights © 2023, WordField Publishing Ltd.

特別聲明：有關本書中的言論內容，不代表本公司出版集團之立場與意見，
　　　　　文責由作者自行承擔